COLLECTION CH. COURTRY

EAUX-FORTES

GRAVURES

Tableaux, Aquarelles, Dessins

28-29 Mars 1898

COMMISSAIRE-PRISEUR

Me G. DUCHESNE

6, rue de Hanovre

EXPERTS

POUR LES GRAVURES
M. L. DUMONT
27, rue Laffitte

POUR LES TABLEAUX
M. G. BERNE-BELLECOUR
68, boulevard Malesherbes

CHEZ LESQUELS SE DISTRIBUE LE CATALOGUE

PARIS — 1898

IMPRIMERIE MAULDE ET RENOU

MAULDE, DOUMENC & Cie

IMPRIMEURS DE LA COMPAGNIE DES COMMISSAIRES-PRISEURS

Rue de Rivoli, 144. — Paris

COLLECTION CH. COURTRY

GRAVURES & EAUX-FORTES

Tableaux, Aquarelles, Dessins

ŒUVRES PAR ET D'APRÈS :

Boilvin, Bracquemond, Buhot, Hédouin, Meissonier, Millet Rajon, Rodin, Waltner, etc.

ŒUVRE COMPLET DE FORTUNY

Suites de Vignettes

Composant la Collection particulière de CH. COURTRY

ŒUVRES OFFERTES

TABLEAUX, AQUARELLES, DESSINS

Gravures et Lithographies

DONT LA VENTE AURA LIEU

HOTEL DES COMMISSAIRES-PRISEURS

RUE DROUOT, 9, SALLE No 8

Les Lundi 28 et Mardi 29 Mars 1898, à 2 heures

COMMISSAIRE-PRISEUR

Me G. DUCHESNE, 6, rue de Hanovre

EXPERTS

POUR LES GRAVURES	POUR LES TABLEAUX
M. L. DUMONT	**M. G. BERNE-BELLECOUR**
27, rue Laffitte	68, boulevard Malesherbes

CHEZ LESQUELS SE DISTRIBUE LE CATALOGUE

PARIS — 1898

CONDITIONS DE LA VENTE

Elle sera faite au comptant.

Les Acquéreurs paieront CINQ POUR CENT en sus des enchères.

ORDRE DES VACATIONS

Le Lundi 28 Mars 1898

ESTAMPES (Collection particulière)	1 à 183
ESTAMPES (Œuvres offertes)	359 à 403

Le Mardi 29 Mars 1898

ESTAMPES (Œuvres de Ch. Courtry)	184 à 248
TABLEAUX, AQUARELLES, DESSINS	249 à 323
TABLEAUX, AQUARELLES, DESSINS (Œuvres offertes) ...	324 à 358

MM. les Amateurs pourront visiter la Collection des Estampes, chez M. DUMONT, 27, *rue Laffitte*, pendant les huit jours qui précèdent la vente de une heure à six heures du soir.

M. DUMONT se charge des commissions des personnes qui ne pourraient assister à la vente.

MAULDE, DOUMENC et Cie, imprimeurs de la Cie des Commissaires-Priseurs.
rue de Rivoli, 144 1000—72936

DÉSIGNATION

EAUX-FORTES & GRAVURES MODERNES

ARDAIL

1 — A la Promenade, d'après Toudouze.

Très belle épreuve d'artiste avec remarque sur Japon, avec dédicace.

BERNIER (Ch.)

2 — Étude de vieille Femme. — Un Crapaud.

Deux pièces, très belles épreuves d'artiste dont une avec dédicace, très rares.

BOILVIN (E.)

3 — Portrait de Gavarni, d'après lui-même.

Très belle épreuve d'artiste.

4 — Le Bain, eau-forte originale.

Très belle épreuve d'artiste avec remarque sur Japon.

5 — Un Chamelier. — Marchand de poteries. — Cavaliers arabes, d'après Bida. — Bivouac sous Metz.

Quatre pièces, très belles épreuves d'artiste.

6 — Le Roman comique. — Portraits de Amyot, Delacroix, Victor Hugo, Ed. Hédouin, etc.

Huit pièces, très belles épreuves d'artiste.

7 — Agacerie, eau-forte originale.

Deux pièces, très belles épreuves d'artiste dont une d'état.

BOILVIN (E.)

8 — La Femme au gant, d'après Frans HALS — Le Château de cartes. — Les Bulles de savon, d'après DROUAIS. — Le Charmeur de serpents, d'après FORTUNY. — Bacchus et Ariane, d'après RANVIER.

Cinq pièces, très belles épreuves d'artiste.

9 — Le Triomphe d'Amphitrite, d'après BOUCHER. — Hérodiade, d'après LÉVY. — La Vierge aux Innocents, d'après RUBENS. — La Famille de Paul Potter, d'après VAN DER HELST. — L'Heureuse Mère, d'après BOUCHER.

Sept pièces, très belles épreuves d'artiste.

10 — Les deux Foscari, d'après DELACROIX. — L'horoscope, d'après BOUCHER. — Les bords du Rhin, d'après WOUVERMANS. — Paysage, d'après Paul HUET. — Le Semeur, d'après MICHEL.

Six pièces, très belles épreuves d'artiste.
(*Voir aux vignettes.*)

BOUTET (H.)

11 — Lecture au Lit. — Buste de jeune Fille. — Tête de jeune Fille.

Trois pièces, très belles épreuves d'artiste dont deux sur Japon et une sur parchemin.

12 — Croquis parisiens. — Menu. — Souvenir de Cancale, lithographie.

Quatre pièces, belles épreuves d'artiste sur Japon.

13 — L'Ondée. — Le Fiacre. — Après la pluie.

Trois pièces, très belles épreuves d'artiste sur Japon dont une avec dédicace.

BRACQUEMOND (F.)

14 — Baudelaire (Cat. H. Béraldi (11). — Gérard de Nerval, Balzac, Courbet, Wagner, sur une même planche (51).

Deux pièces, très belles épreuves d'artiste.

15 — Beaumarchais (14). — Joachim du Bellay (30) — Gérard de Nerval (83). — Rabelais (89). — La Fontaine (436). — Mathurin Regnier (437). — La Rochefoucauld (438). — Labbé Prévost (439). — Molière (440). — Frontispice inédit pour les trente-six ballades joyeuses de Banville.

Onze pièces, très belles épreuves d'artiste.

16 — Auguste Comte (23).

Très belle épreuve.

17 — Desforges de Vassens (28).

Très belle épreuve d'artiste sur Japon.

18 — Érasme, d'après Holbein (39).

Très belle épreuve d'artiste sur Japon.

19 — Benjamin Fillon (44). — Galilée (45). — Émile Vernier.

Trois pièces, belles épreuves.

20 — Mme Granger, d'après Ingres (56).

Deux pièces, très belles épreuves dont une d'artiste.

21 — Ch. Meryon (77).

Très belle épreuve d'artiste.

22 — Meyer Heine (80). — Louis Robert (94).

Deux pièces, très belles épreuves, la première avant la signature.

23 — La Mort de Matamore (177). — Deux Vases japonais (206). — La Terrasse de la villa Brancas (215).

Trois pièces, très belles épreuves dont deux d'artiste.

BRACQUEMOND (F.)

24 — Le Pont des Saints-Pères (217).

Très belle épreuve d'artiste.

25 — Ébats de Canards (221).

Très belle épreuve du premier état sur Japon.

26 — Un Buveur, d'après Alexandre Lafond (241). — Le Miroir, d'après Chaplin (260).

Deux pièces, très belles épreuves d'artiste sur Japon.

27 — Coucher de soleil (251). — Paysage au Cheval blanc (252) ; deux pièces d'après Corot.

Très belles épreuves d'artiste.

28 — La Servante, d'après Leys (280).

Très belle épreuve d'artiste avec dédicace.

29 — Souvenir de Turner (336).

Très belle épreuve d'artiste.

30 — Le Chemin des Coutures, à Sèvres (208).

Très belle épreuve d'artiste.

31 — Le Retour au Logis (138). — Le Jars (211).

Deux pièces, très belles épreuves d'artiste.

32 — Le Joueur de Flûte, d'après de Curzon.— Paysage, d'après Hobbéma. — Métairie sur les bords de l'Oise, d'après Th. Rousseau. — La Récolte des Pommes de terre, d'après Breton. – Habitation rustique, d'après Van Ostade. — La Mort du Poussin, d'après Granet. — Landes du bassin d'Arcachon, d'après Van Marcke. — Vignette pour Rabelais. — Vaches au bord de l'eau, d'après Cuyp. — Le Repos, d'après Stevens.

Dix pièces, très belles épreuves dont huit d'artiste.

BRACQUEMOND (F.)

33 — Suite complète de vingt-trois eaux-fortes pour l'illustration du Catalogue de la Galerie de San Donato (294-316).

Belles épreuves.

BRACQUEMOND, GAUCHEREL, etc.

34 — Quatorze eaux-fortes pour l'illustration de différents Catalogues : collection San Donato, comte Koucheleff, etc.

Belles épreuves.

BRUNET-DEBAINES

35 — Paysages. — Marines. — Vues.

Six pièces, très belles épreuves d'artiste.

BUHOT (F.)

36 — L'Hiver de 1879, à Paris, à la place Bréda (128).

Superbe épreuve sur Japon avec dédicace.

37 — La place Pigalle en 1878 (129).

Superbe épreuve du 1er état.

38 — Débarquement en Angleterre (130).

Superbe épreuve de 1er tirage avec croquis dans les marges.

39 — Une Jetée en Angleterre (132).

Superbe épreuve du 1er état avec croquis dans les marges.

40 — Souvenir de Barham Court (144).

Très belle épreuve d'artiste.

41 — Les Voisins de Campagne (148).

Très belle épreuve d'artiste.

42 — Les Petites Chaumières (149).

Très belle épreuve d'artiste.

BUHOT (F.)

43 — Retour au Logis. — L'Orage. — Un vieux Chantier à Rochester.

Trois pièces, très belles épreuves d'artiste.

44 — Matinée d'automne. — La Fête Nationale au boulevard de Clichy. — Vase. — Masque japonais.

Quatre pièces, très belles épreuves d'artiste.
(*Voir aux vignettes.*)

CHAMPOLLION (E.)

45 — Le choix du Modèle, d'après Fortuny.

Très belle épreuve d'artiste sur Japon.

CHAUVEL (Th.)

46 — Solitude, d'après Corot.

Très belle épreuve d'artiste sur Japon avec dédicace.

DAUBIGNY (Ch.)

47 — Cahiers d'eaux-fortes ; titre et vingt et une pièces: Lever de soleil. — Chevaux de halage. — Bords du Cousin. — L'Ane à l'abreuvoir.— Petits Oiseaux. — L'Automne. — Le Satyre. — Le Bac. — La Pêcherie. — Les Charrettes de roulage. — Ruines du Château de Crémieux. — Les Cerfs au bord de l'eau. — Le Bac de Bezons. — Les Cerfs sous bois. — Les Vaches au Marais. — Le Marais aux Cigognes. — L'Ondée.— La Plage de Villerville. — Le Guet du Chien. — La Poule et ses Poussins. — Un Cochon dans un verger.

Très belles épreuves d'artiste sur Chine.

48 — Le Marais aux Cigognes. — Lever de Lune. — L'Ane à l'abreuvoir.

Trois pièces, très belles épreuves d'artiste.

DAUBIGNY (Ch.)

49 — Les Bergers.

Très belle épreuve d'artiste sur parchemin.

DAUMONT

50 — L'Étang, d'après Corot.

Très belle épreuve d'artiste sur Japon.

DETAILLE (Ed.)

51 — Officier de dragons, à cheval, l'épée à la main, dans un bois.

Très belle épreuve d'artiste sur Japon.

DETAILLE (D'après)

52 — Sapeur. — Highlander ; deux pièces par Salmon.

Très belles épreuves d'artiste dont une avec dédicace.

FAIVRE

53 — Joueurs d'échecs, d'après Roybet.

Très belle épreuve d'artiste sur Japon.

FORTUNY (M.)

54 — **Eaux-fortes originales.** Arabe veillant le corps de son ami (Cat. H. Béraldi) (1).

Kabyle mort (2).
La Victoire (3).
Idylle (4).
Garde de la Casbah, à Tétuan (5).
Tireuse de cartes (6).
Arabe assis (7).
Mendiant accroupi (8)
Famille marocaine (9).
Sérénade (10).

FORTUNY (M.)

54 *suite*. **Eaux-fortes originales.** Amateur de jardin (11).
Croquis (12).
Un Pouilleux (13).
Une rue de Séville (14).
Muletier (15).
Anachorète (16).
Tanger, Arabes assis (17).
Deux Cardinaux (18).
Marocain assis (19).
Cheval du Maroc (20).
Eglise Saint-Joseph, à Madrid (21).
Maréchal-ferrant au Maroc (22).
Méditation (23).
Diplomate (24).
Portrait de Zamacoïs (25).
Sujet sans titre (26).
Homme se roulant à terre (27).
Un Maître de Cérémonies (28).
Portrait de Velasquez (29).

Ensemble vingt-neuf pièces, formant l'œuvre complet des eaux-fortes originales de Fortuny en superbes épreuves sur Chine volant. Les n°s 1 à 9 et le n° 28 portent le titre à la pointe; les autres n'ont aucune lettre: et quelques-unes sont en épreuves d'essai. Très rare à rencontrer en aussi belle condition.

55 — L'Anachorète.

Superbe épreuve d'artiste avec salissures dans les marges, sur Japon.

GAILLARD (F.)

56 — Jean Bellin.

Très belle épreuve d'artiste sur Chine.

57 — Tête de cire du Musée de Lille.

Très belle épreuve d'artiste avant le nom à la pointe, sur Japon.

GAILLARD (F.)

58 — L'Homme à l'Œillet, d'après Van Eyck.

Très belle épreuve avant la lettre.

59 — Dom Prosper Guéranger, abbé de Solesmes.

Belle épreuve.

60 — Pie IX. — Œdipe, d'après Ingres.

Deux pièces, très belles épreuves sur Chine.

GAUJEAN (E.)

61 — L'Apparition, d'après Gustave Moreau.

Très belle épreuve d'artiste. Très rare.

62 — Orphée, d'après Gustave Moreau.

Très belle épreuve d'artiste.

GÉRY-BICHARD

63 — Joueur de flûte, — Nymphe; 2 pièces originales. — Au Harem, d'après Benjamin Constant.

Trois pièces, très belles épreuves d'artiste.
(Voir aux vignettes).

GUÉRARD (H.)

64 — Un Fumeur. — Une Négresse. — Crabe au panier.

Trois pièces, très belles épreuves d'artiste.

65 — Un Bar aux Folies-Bergère. — En Bateau. — Le Buveur d'eau. — Eva Gonzalès, d'après Manet.

Quatre pièces, très belles épreuves d'artiste

66 — Philippe IV, d'après Vélasquez. — La Mère de Whistler, d'après lui-même.

Deux pièces, très belles épreuves d'artiste.

67 — Masque japonais. — Gardes de sabres. — Vases. — Masque, d'après Fortuny.

Six pièces, très belles épreuves d'artiste.

HADEN (Seymour)

68 — Kensington gardens.

Très belle épreuve d'artiste.

69 — Egham lock.

Très belle épreuve d'artiste.

70 — Old chelsea.

Très belle épreuve du premier état, sur Japon.

71 — Somming banks.

Très belle épreuve d'artiste avant la planche coupée.

HARPIGNIES

72 — Paysages.

Trois pièces, très belles épreuves d'artiste. Rares.

HÉDOUIN (E.)

73 — Mme *** (La Dame au chapeau), d'après Chaplin.

Deux pièces, très belles épreuves d'artiste dont une du 1er état, sur Japon.

74 — Portrait de Femme avec une guirlande de fleurs.

Deux pièces, très belles épreuves d'artiste dont une du 1er état.

75 — Portrait de Femme, xviiie siècle.

Deux pièces, très belles épreuves d'artiste dont une du 1er état.

76 — Portrait de Mme du Barry. — Portrait de Femme. — Portrait d'Homme, d'après Boudin. — Têtes d'Enfants, d'après Greuze. — Frontispice.

Cinq pièces, très belles épreuves d'artiste.

77 — Récolte des pommes de terre. — La Baratteuse, d'après Millet. — Gilles, d'après Watteau. — Marché aux poissons, d'après Teniers; etc.

Douze pièces, belles épreuves.
(Voir aux vignettes.)

HELLEU (P.)

78 — Jeune Femme cousant.

Superbe épreuve de premier tirage.

79 — Jeune Femme dormant sur un canapé.

Très belle épreuve.

HERKOMER (H.)

80 — Son portrait avec croquis d'enfants.

Très belle épreuve d'artiste.

JACQUE (Ch.)

81 — L'Approche de l'orage.

Très belle épreuve d'artiste.

82 — Troupeau de porcs fuyant. — La Forge. — Le Berger.

Trois pièces, très belles épreuves d'artiste.

83 — Pastorale. — La Souricière. — L'Été. — L'Arrivée aux champs. — Première leçon d'équitation. — Chariot attelé.

Six pièces, belles épreuves, dont quatre sur Chine.

JACQUEMART (J.)

84 — Portrait de Thoré. — La Canne de M. de Balzac.

Deux pièces, très belles épreuves d'artiste.

85 — Bijoux de la Collection Czartoriski. — Miroir français du XVIe siècle. — Trépied, par Gouthières. — Aiguière. — Bougeoir de Marie de Médicis.

Cinq pièces, très belles épreuves d'artiste.

86 — Scène espagnole, d'après Goya. — Tête de Christ, d'après Léonard de Vinci. — Buste de Henri III.

Trois pièces, très belles épreuves d'artiste.

JACQUET (A.)

87 — Portrait de Femme, d'après CABANEL.

Très belle épreuve d'artiste.

KŒPPING

88 — L'Atelier, d'après MUNKACSY.

Très belle épreuve d'artiste sur Japon.

89 — Portrait de Femme, d'après REMBRANDT.

Très belle épreuve d'artiste sur Japon, avec dédicace.

LE COUTEUX

90 — Étude de Femme, d'après R. COLLIN.

Très belle épreuve d'artiste avec dédicace.

MANCHON (G.)

91 — Orphée, d'après Gustave MOREAU.

Très belle épreuve d'artiste avec remarque sur Japon.

MEISSONIER (E.)

92 — Les deux Hussards républicains.

Très belle épreuve d'artiste sur Japon.

93 — Les Amateurs.

Très belle épreuve d'artiste sur Japon.

94 — Polichinelle.

Belle épreuve.

MEISSONIER (D'après)

95 — Un Hussard. — Une Sentinelle, par ALASONIÈRE.

Deux pièces, très belles épreuves d'artiste sur Japon, avec dédicace.

MEISSONIER (D'après)

96 — Les Amateurs de peinture, par FLAMENG.

Très belle épreuve d'artiste sur Chine, avec dédicace.

97 — Lansquenets, par FLAMENG.

Très belle épreuve d'artiste sur Japon.

98 — Le Peintre, par GÉRY BICHARD.

Très belle épreuve d'artiste avec remarque sur parchemin, avec dédicace.

99 — Le Sergent recruteur, par HÉDOUIN.

Très belle épreuve d'artiste sur Chine. Très rare.

100 — Amateurs de dessins, par JACQUEMART.

Deux pièces, très belles épreuves, dont une d'artiste, sur Japon.

101 — Défilé des populations lorraines devant l'Impératrice à Nancy, par JACQUEMART.

Très belle épreuve d'artiste.

102 — Le Joueur de flûte, par LE RAT; 1er, 2e et 3e état terminé.

Trois pièces, très belles épreuves.

103 — Officier Louis XIII, par LE RAT.

Deux pièces, très belles épreuves d'artiste.

104 — La Vedette, par LE RAT.

Très belle épreuve du 1er état sur Japon.

105 — Joueurs de cartes, par LE RAT.

Deux pièces, très belles épreuves d'artiste sur Chine dont une de 1er état.

106 — Tourne bride, par LE RAT.

Très belle épreuve d'artiste avec remarque sur Japon avec dédicace.

MEISSONIER (D'après)

107 — La même estampe.

Très belle épreuve d'état avec dédicace.

108 — L'Homme à la fenêtre, par Le Rat.

Très belle épreuve d'état sur Chine, avec dédicace.

109 — Le Bibliophile, par Le Rat.

Très belle épreuve d'artiste sur parchemin, avec dédicace.

110 — La même estampe.

Deux pièces, très belles épreuves d'état.

111 — Alexandre Dumas, par Mongin.

Très belle épreuve d'artiste sur Chine, avec dédicace.

112 — L'Ordonnance, par Mongin.

Très belle épreuve d'artiste sur Chine, avec dédicace.

113 — La Chanson, par Mongin.

Très belle épreuve d'artiste avec remarque sur parchemin, avec dédicace.

114 — La même estampe.

Trois épreuves de différents états.

115 — Le Portrait du Sergent, par Mongin.

Très belle épreuve d'artiste.

116 — La Lecture du manuscrit, par Mongin.

Très belle épreuve d'artiste avec remarque sur parchemin, avec dédicace.

117 — La même estampe.

Très belle épreuve d'état avec remarque sur Japon, avec dédicace.

118 — Un Liseur, par Rajon.

Très belle épreuve d'artiste sur papier ancien.

MEISSONIER (D'après)

119 — Le Graveur à l'eau-forte, par Rajon.

Très belle épreuve d'artiste.

120 — Cavalier Louis XIII, par Ch. Blanc.

Très belle épreuve d'artiste.

121 — Le Dormeur, par Faivre.

Deux pièces, très belles épreuves d'artiste.

122 — Un Mauvais drôle, par Loriol.

Très belle épreuve d'artiste avec remarque sur Japon, avec dédicace.

123 — Officier Louis XIII, par Poterlet.

Très belle épreuve d'artiste avec remarque sur parchemin, avec dédicace.

124 — Napoléon Ier, par Ruet.

Très belle épreuve d'artiste sur parchemin.

125 — La Chanson, par Vion.

Très belle épreuve d'artiste avec remarque sur Japon.

126 — Les Amateurs de peinture, par Vion.

Très belle épreuve d'artiste sur Japon, avec dédicace.

127 — Son portrait d'après lui-même, par Wallet.

Très belle épreuve d'artiste, avec dédicace.

128 — Une Halte, par Lalauze. — Le Philosophe. — L'Homme à la fenêtre; deux pièces par Le Rat. — La Lecture chez Diderot, par Monziès. — Le Peintre. — Fumeur flamand, par Rajon.

Six pièces, belles épreuves.

MILLET (J.-F.)

129 — Les Bêcheurs (Cat. A. Lebrun, 14).

Superbe épreuve du 3e état sur Chine collé.

MILLET (J.-F.)

130 — La Veillée (15).

Très belle épreuve sur Japon.

131 — La Cardeuse (16).

Superbe épreuve sur Chine volant. Très rare.

132 — La Femme faisant manger son enfant (18).

Très belle épreuve du 2e état.

133 — Le Départ pour le travail (20).

Superbe épreuve du 2e état sur Japon.

134 — La Fileuse (21).

Très belle épreuve du 1er état avec les cinq traits dans le haut à gauche. Très rare.

PAJOT (G.)

135 — Portrait de Verlaine, d'après Carrière.

Très belle épreuve d'artiste, avec dédicace.

PAYRAUD

136 — Cornélius de Vos et sa famille, d'après lui-même.

Très belle épreuve d'artiste avec remarque sur Japon, avec dédicace.

PENET

137 — Orphée, d'après Gustave Moreau.

Très belle épreuve avec remarque.

RAFFAELLI

138 — Le Chiffonnier éreinté. — Le Marchand de marrons.

Deux pièces, très belles épreuves d'artiste.

RAJON (P.)

139 — Rembrandt gravant dans son atelier, d'après Gérôme (Cat. A. Béraldi, 1).

Trois pièces, très belles épreuves d'artiste d'états différents.

RAJON (P.)

140 — Le Muezzin, d'après Gérôme (2).

Deux pièces, très belles épreuves d'artiste dont une d'état.

141 — Le Plan, d'après Detaille (22).

Très belle épreuve d'artiste sur Chine volant.

142 — Salomé, d'après H. Regnault (24).

Très belle épreuve d'artiste sur Chine.

143 — La Finette, deux épreuves. — L'Indifférent (94), d'après Watteau.

Trois pièces, très belles épreuves d'artiste.

144 — Mrs Siddons, d'après Gainsborough (101).

Très belle épreuve d'artiste.

145 — Portrait de Bracquemond, d'après lui-même (147).

Très belle épreuve d'artiste sur Japon.

146 — Corps de garde d'Arnautes au Caire, d'après Gérôme (3). — Le Serment de Vargas, d'après Gallet (20). — Le Repas de famille, d'après J. Steen (113).

Trois pièces, très belles épreuves d'artiste.

147 — La Lecture de la Bible (17), deux épreuves. — Mariage protestant en Alsace (18), d'après Brion. — Le Printemps, d'après Marchal (29).

Cinq pièces, très belles épreuves dont quatre d'artiste.

148 — Portrait de dame âgée, d'après Rembrandt (88). — Portrait de femme de la famille de Brignoles, d'après Bordone (104). — Gervatius, d'après Van Dyck, etc.

Cinq pièces, très belles épreuves d'artiste.

149 — Jeune homme en manteau devant une bibliothèque. — Racine. — François Coppée. — Thomas Edwards. — Vuillemot, etc.

Six pièces, très belles épreuves d'artiste.

RAJON (P.)

150 — Canova. — Stuart Mill.

Deux pièces, très belles épreuves d'artiste.

RENOUARD (P.)

151 — La Loge directoriale. — Le Harpiste.

Deux pièces, très belles épreuves d'artiste. Signées.

152 — La Nourrice. — Études d'enfants. — L'Ancien Gendarme. — Menu.

Quatre pièces, très belles épreuves d'artiste.

153 — Le Nouvel Opéra.

Quatorze pièces, très belles épreuves d'artiste dont une en double état.

RODIN

154 — Portrait de Victor Hugo, de face avec croquis de trois quarts à gauche.

Superbe épreuve.

155 — Portrait de Victor Hugo de trois quarts à droite.

Belle épreuve.

ROPS (Félicien)

156 — Les Jeunes France. — Le Semeur de paraboles. — Le Sphinx.

Trois pièces, très belles épreuves d'artiste.

157 — Frontispices : La Fleur lascive. — Les Cousines de la colonelle. — Le Diable dupé par les femmes. — Les Amusements des Dames de Bruxelles. — Les Exercices de dévotion de M. Henri Roch. — Les Chansons de Collé.

Sept pièces, très belles épreuves sur Japon dont une en couleurs.

SCHENNIS

158 — Clair de lune. — Crépuscule.

Deux pièces, très belles épreuves d'artiste avec remarque sur Japon. Signées.

SONNETS ET EAUX-FORTES

159 — Suite complète dont douze épreuves en double état et cinq pièces inédites.

Ensemble cinquante-neuf pièces, très belles épreuves sur Chine et sur Hollande.

TISSOT (James)

160 — Mavourneen.

Superbe épreuve d'artiste. Très rare.

161 — Portrait de Mrs B.

Superbe épreuve d'artiste. Très rare.

VION

162 — Elisabeth de France, d'après Rubens.

Très belle épreuve d'artiste sur Chine avec dédicace.

VIGNETTES

163 — **Bida.** Aucassin et Nicolette.

Dix-sept pièces, belles épreuves.

164 — **Boilvin.** L'Amour au xviiie siècle. Suite complète de un frontispice, une très jolie tête de page, deux culs-de-lampe, plus deux doubles.

Six pièces, très belles épreuves d'artiste sur Chine.

165 —**Boilvin.** Mme Bovary, de Flaubert. Suite complète de un frontispice et six sujets.

Très belles épreuves d'artiste.

VIGNETTES

166 — **Boilvin.** Rabelais. Suite complète de un portrait et dix sujets.

Très belles épreuves d'artiste sur Chine.

167 — **Boilvin.** Poësies de Coppée (Édition Lemerre). Suite complète de dix sujets en double état sur Japon : 1° avec les remarques gravées spécialement pour l'artiste ; 2° épreuves terminées.

Ensemble vingt pièces, superbes épreuves.

N.-B. — La première suite, très rare, n'a été tirée qu'à un très petit nombre et exclusivement pour l'artiste.

168 — **Buhot.** Une vieille Maîtresse. Suite complète de dix pièces.

Très belles épreuves de 1er tirage, avec les marges illustrées sur Japon.

169 — **Courtry.** L'Escrime. Suite de un frontispice et treize sujets, d'après Frédéric Regamey.

Très belles épreuves d'artiste avec remarque sur Japon.

170 — **Géry Bichard.** Contes de Voisenon. Suite complète de frontispice et cinq sujets.

Très belles épreuves du 1er état avec remarque sur Japon.

171 — **Géry Bichard.** Contes de Jacques Cazotte. Suite complète de un frontispice et cinq sujets.

Très belles épreuves du 1er état avec remarque sur Japon.

172 — **Géry Bichard.** Le Nez du notaire. Suite complète de un frontispice et douze sujets.

Très belles épreuves d'artiste sur Japon, avec dédicace.

173 — **Hédouin.** Manon Lescaut. Suite complète en double état de un portrait et cinq sujets.

Très belles épreuves d'artiste sur Japon.

VIGNETTES

174 — **Hédouin**. Les Confessions. Suite complète de un portrait et douze sujets.

Très belles épreuves du 1er état avec remarque sur Japon.

175 — **Hédouin.** Paul et Virginie. Suite complète de un portrait et six sujets.

Très belles épreuves du 1er état avec remarque sur Japon, avec dédicace.

176 — **Hédouin.** Voyage sentimental. Suite complète en double état de un portrait et cinq sujets.

Très belles épreuves d'artiste sur Chine et sur Hollande, avec dédicace.

177 — **Hédouin.** Voyage autour de ma chambre. Suite complète de un portrait et cinq sujets.

Très belles épreuves d'artiste, avec dédicace.

178 — **Hédouin.** Théâtre de Molière. Suite complète de un frontispice et trente-quatre sujets.

Très belles épreuves d'artiste sur Japon, avec dédicace.

179 — **Hédouin**. Un Cabinet d'amateur en 1771. Dix épreuves d'état et terminées pour divers ouvrages.

Ensemble onze pièces, belles épreuves.

180 — **Rajon.** Le Banc. — La Trève; deux têtes de pages d'après Boilvin, pour une édition projetée de Coppée. — *Ex-libris « Ludunt in armis »*.

Trois pièces, très belles épreuves d'artiste.

WALTNER (Ch.)

181 — L'Étude, d'après Fragonard.

Très belle épreuve d'artiste avec remarque sur Japon.

182 — Harmony, d'après Dicksee.

Très belle épreuve d'artiste sur Japon.

WALTNER (Ch.)

183 — Le Baron de Vicq, d'après Rubens. — Portrait d'Homme âgé, d'après Jordaens.

Deux pièces, très belles épreuves d'artiste.

ŒUVRES DE CH. COURTRY

184 — Le Maréchal-ferrant en Bretagne, d'après Leleux (Cat. H. Béraldi 1). — Fin d'Été, d'après Carolus Duran (67). — Vieillard assis, d'après Good.

Trois pièces, très belles épreuves d'artiste, dont deux sur Japon.

185 — Femme à la Fontaine, d'après Henner (12).

Très belle épreuve d'artiste sur Japon.

186 — Pèlerins devant la Chapelle de St-Pierre, d'après Sautai (14). — L'Appel après le pillage, d'après Vibert (16). — Maréchal-ferrant Espagnol, d'après Worms (18).

Trois pièces, très belles épreuves d'artiste.

187 — La Lettre de recommandation, d'après Aranda.

Très belle épreuve d'artiste sur Japon.

188 — Vieilles Femmes de la Place Navone, d'après Robert-Fleury (17).

Très belle épreuve d'artiste.

189 — La Récolte du Sarrasin (22). — Les Glaneuses (23); 2 pièces, d'après Millet.

Très belles épreuves d'artiste sur Japon.

COURTRY (Ch.)

190 — La Visite à l'accouchée, d'après Munkacsy (31).

Très belle épreuve d'artiste avec remarque sur Japon.

191 — Les Amateurs d'estampes, d'après Meissonier (36).

Très belle epreuve d'artiste avec remarque sur Japon.

192 — L'État-Major Autrichien devant le corps de Marceau (38).

Très belle épreuve d'artiste sur Japon.

193 — Le Berger, d'après Julien Dupré (40).

Très belle épreuve d'artiste avec remarque sur parchemin, signée du peintre et du graveur.

194 — L'Étoile du Berger, d'après Hermann Léon (41).

Très belle épreuve d'artiste avec remarque sur parchemin.

195 — Le Cavalier altéré, d'après Menzel (43).

Très belle épreuve d'artiste avec remarque sur Japon.

196 — Contribution de guerre chez un ami, d'après Menzel (44).

Très belle épreuve d'artiste avec remarque sur Japon.

197 — Le Bonnet de grand'mère (46). (Eau-forte originale).

Très belle épreuve d'artiste avec remarque sur Japon

198 — Entrez Monseigneur, d'après Ximénès Aranda (48).

Très belle épreuve d'artiste avec remarque sur Japon, signée du peintre et du graveur.

199 — Lancement du Bucentaure, d'après Guardi (51).

Très belle épreuve d'artiste sur Japon.

200 — La Famille d'Holbein (52).

Très belle épreuve d'artiste.

COURTRY (Ch.)

201 — La Finette (54). — L'Indifférent (55); 2 pièces, d'après Watteau.

Très belles épreuves du 1er état sur Japon.

202 — Les mêmes estampes.

Très belles épreuves d'état avec remarque sur Japon.

203 — Les mêmes estampes.

Très belles épreuves d'artiste avec remarque.

204 — Mme Du Barry, d'après Drouais (57).

Très belle épreuve d'artiste sur Japon.

205 — Héléna Forman, d'après Rubens (59).

Très belle épreuve d'artiste avec remarque sur Japon.

206 — Mlle Guimard, d'après Fragonard (56).

Très belle épreuve d'artiste avec remarque sur Japon.

207 — La Sortie du bois, d'après Troyon (66).

Très belle épreuve d'artiste sur parchemin.

208 — Habitation saharienne, d'après Guillaumet (69).

Très belle épreuve d'artiste avec remarque sur Japon.

209 — Henriette d'Angleterre, d'après Van Dyck (71). — L'Infante Marguerite, d'après Vélasquez (72).

Deux pièces, très belles épreuves d'artiste.

210 — Le Toast au Roi, d'après Willems (73). — Marguerite au rempart, d'après Tissot (77).

Deux pièces, très belles épreuves d'artiste.

211 — Intérieur Hollandais, d'après P. de Hooch (49). — Servante endormie, d'après Van der Meer (50). — La Femme adultère, d'après Cranach (238).

Trois pièces, très belles épreuves d'artiste.

COURTRY (CH.)

212 — Sainte Brigitte secourant les malades, d'après BRANDON (229) — Le Trouvère, d'après COUTURE (243).

Deux pièces, très belles épreuves d'artiste.

213 — Salomé, d'après STEVENS.

Très belle épreuve d'artiste avec remarque sur Japon.

214 — Mme de Pompadour, d'après BOUCHER (58). — Femme couchée, de HENNER (250).

Deux pièces, très belles épreuves d'artiste.

215 — Le Bain, d'après REMBRANDT (60). — Christ en Croix, d'après VAN DYCK (251).

Deux pièces, très belles épreuves d'artiste.

216 — Entre deux Feux, d'après XIMENÈS.

Très belle épreuve d'artiste avec remarque sur Japon.

217 — L'Hiver en Bretagne, d'après BERNIER (234). — La Vague, d'après COURANT (266). — Dans la Prairie, d'après TROYON.

Trois pièces, très belles épreuves d'artiste.

218 — La Partie de Cartes, d'après P. DE HOOCH (244).

Très belle épreuve d'artiste sur Japon.

219 — Le Marais, composition originale (253).

Très belle épreuve d'artiste avec remarque sur Japon.

220 — Au bord de la mer, d'après CORCOS (255).

Très belle épreuve d'artiste avec remarque sur Japon.

221 — Les Courses d'Epsom, d'après GÉRICAULT (256).

Très belle épreuve d'artiste avec remarque sur parchemin.

222 — Le Christ, d'après DELACROIX (257). — Cavalier, par GÉRICAULT (258).

Deux pièces, très belles épreuves d'artiste sur Japon.

COURTRY (Ch.)

223 — La Fille du Passeur, d'après Émile Adam (262).

Très belle épreuve d'artiste avec remarque sur Japon.

224 — Le Linge de la Ferme, d'après Laugée (263).

Très belle épreuve d'artiste avec remarque sur Japon.

225 — Portraits de Chardin et de sa Femme, d'après lui-même (272-273).

Deux pièces, très belles épreuves d'artiste sur Japon.

226 — Les Baisers, d'après Fragonard (276).

Deux pièces, très belles épreuves d'artiste sur Japon.

227 — Israëls, d'après lui-même (392).

Très belle épreuve d'artiste sur Japon.

228 — Rêverie (399).

Très belle épreuve d'artiste avant le fond sur Japon.

229 — La même estampe.

Très belle épreuve d'artiste avec remarque sur Japon.

230 — L'Orpheline. — La Servante, d'après Bonvin.

Deux pièces, très belles épreuves d'artiste.

231 — Portrait de Dame âgée, d'après Frans Hals.

Très belle épreuve d'artiste avec remarque sur Japon.

232 — Le premier Lièvre, d'après Gélibert.

Très belle épreuve d'artiste sur Japon.

233 — Souvenir du XVIIIe siècle; eau-forte originale.

Très belle épreuve d'artiste sur Japon.

234 — Gervatius, d'après Van Dyck.

Très belle épreuve d'artiste sur Japon.

235 — Tête de jeune Femme; eau-forte originale.

Très belle épreuve d'artiste sur Japon.

COURTRY (Ch.)

236 — Pastorale, d'après Cuyp.

Très belle épreuve d'artiste sur Japon.

237 — La Vache noire, d'après Van Marcke.

Très belle épreuve d'artiste sur Japon.

238 — Retour du Marché, d'après Dameron.

Très belle épreuve d'artiste sur Japon.

239 — Portrait du Pape Léon XIII, d'après Chartran.

Très belle épreuve d'artiste sur Japon. Signée.

240 — Salambô, d'après Théodore Rivière.

Très belle épreuve d'artiste avec remarque sur Japon.

241 — Portrait de Meissonier, d'après lui-même.

Très belle épreuve d'artiste sur Japon.

242 — Le Monument de Watteau, d'après Gauquié.

Très belle épreuve d'artiste sur Japon.

243 — Portrait de Jules Favre. — Munkacsy, d'après lui-même.

Deux pièces, très belles épreuves d'artiste.

244 — L'Homme au Casque, d'après Bigand (275).

Très belle épreuve d'artiste.

245 — La Main chaude, d'après Roybet.

Très belle épreuve d'artiste avec remarque sur parchemin, signée du peintre et du graveur.

246 — Le Chercheur de Truffes, d'après Vayson.

Très belle épreuve d'artiste sur Japon.

247 — Le Donneur d'eau bénite. — Les Pèlerins d'Emmaüs ; eaux-fortes originales.

Deux pièces, très belles épreuves d'artiste.

COURTRY (Ch.)

248 — Manon Lescaut; suite complète de : un frontispice, un portrait et douze vignettes.

Très belles épreuves d'artiste sur Japon.

COLLECTION COURTRY

TABLEAUX, AQUARELLES, DESSINS, ETC.

ABRAHAM (Tancrède)

249 — La Clairière.

250 — Paysage.

251 — Vue d'Arques.

Aquarelle.

BARILLOT

252 — Études de vaches.

BEAUVAIS

253 — Le Clos.

BEAUVERIE

254 — Soleil couchant.

255 — Vue de la Seine.

256 — Pommiers en fleurs.

BERNIER (Camille)

257 — La Mare.

258 — Fin d'automne.

259 — L'Abreuvoir.

BRANDON

260 — Étude de moine.

CABAILLOT-LASSALLE

261 — Jeune Bergère.

CASTELLANOS

262 — La baie de Cancale.

263 — Grosse mer.

264 — Pleine mer.
Pastel.

COURTOIS LUTOR

265 — Entrée de village.

266 — L'Aqueduc.

DAMERON

267 — Sur le quai.

DAGNAC-RIVIÈRE

268 — Vue de Bou-Saâda.

DEFAUX

269 — Un coin de la forêt de Fontainebleau.

270 — Moutons en forêt.

D. R. D.

271 — Vue de Meulan.

ÉCOLE MODERNE

272 — A Bougival.

273 — Une vue de la Creuse.

274 — Étude de Bœufs.

275 — Étude pour une porte.

ÉCOLE MODERNE

276 — Route dans la forêt de Fontainebleau.

277 — Vue de Saint-Malo.

278 — Étude à Auvers-sur-Oise.

279 — Paysage.

280 — Un coin de rue.

281 — Le village au soleil couchant.

FLAMENG

282 — Étude de jeune Arabe.

GAUCHEREL

283 — Paysage.

284 — Le Lido.
Aquarelle.

GORGUET

285 — Jeune Femme algérienne.
Dessin.

GRIVOLAZ

286 — Fleurs.

GROUY (G.)

287 — Paysage.

GUILLAUMET (G.)

288 — Vue d'Alger.

289 — Marché arabe.

290 — Tête de femme de la province d'Oran.

291 — Les Gorges de la Chiffa.

292 — Sous la tente.

GUILLAUMET (G.)

293 — Le soir au désert.
Dessin.

294 — Femme arabe.
Dessin aux deux crayons.

295 — Étude de femme nue.
Dessin.

296 — Étude de chameaux.
Dessin.

297 — Vue de Bou-Saâda.
Aquarelle.

298 — Dans la forêt de cèdres.
Aquarelle.

GUILLEMET

299 — Ouistreham.

HELLEU

300 — Dans le hamac.

301 — Tête de femme.
Pastel.

JIMENEZ

302 — Tête d'étude.

LE RAT

303 — La Tricoteuse.
Dessin.

METTLING

304 — Le petit Chiffonnier.

305 — Femme récurant un chaudron.

306 — Tête de jeune Garçon.

MILIUS

307 — La Moisson.

MEUNIER

308 — Dans la Mine.
Fusain.

MORIN

309 — Le Lac du Bois de Boulogne.
Aquarelle.

PRIETO

310 — Une Plage.

REGAMEY (F.)

311 — Dans mon Bureau.
Sépia

SARGENT (John)

312 — Étude.

313 — Un Canal à Venise.
Aquarelle.

SOMM

314 — L'Été.
Aquarelle.

THIOLLET

315 — Marine.

THORNLEY

316 — Anvers.
Aquarelle.

VAYSON

317 — Sur la Falaise.

YON (Edmond)

318 — Environs de Paris.

319 — Charenton.

320 — La Marne à Isles-les-Villenoy.

ZUBER

321 — Le Cours d'eau.

ZUBER

322 — La Fontaine du Luxembourg.
Aquarelle.

323 — Sous ce numéro seront vendus plusieurs dessins non catalogués.

ŒUVRES OFFERTES

TABLEAUX, AQUARELLES, DESSINS

AUBERT

324 — Laveuse.

BESSON (Mlle)

325 — La Vierge (D'après Guido Reni).
Peinture sur porcelaine.

BESNUS

326 — Nature morte.

BOUTET (H.)

327 — Croquis.
Dessin.

DAUMONT

328 — Souvenir de Pont-Aven.
Fusain.

DESHAYES

329 — Vue d'Alger.

DUFEU

330 — La Piazzetta à Venise.

FROMENT

331 — Le Clocher d'Harfleur.

GIRARD

332 — Vieille Maison à Mer.

GIRAN (Max)

333 — Les Bords de l'Oise.

LANGLOIS (H.)

334 — La Baie de Cancale.

LEFÈVRE (Mme)

335 — Effet d'Automne.
Aquarelle.

L'HAY (Michel de)

336 — Brume à Cherbourg.

LEVASSEUR (H.)

337 — Sur la Falaise.

LÉVEILLÉ

338 — La Grève du Mont-Saint-Michel.

MAIN (Alice).

339 — Giroflées.
Aquarelle.

MARÉCHAL (Gabriel)

340 — Les Bruyères.
Aquarelle.

MES

341 — Parisienne.
Aquarelle.

MORET (Henry)

342 — Lavandières Bretonnes.
Pastel.

OSBERT

343 — Muse d'Automne.
Dessin.

PENET (L.)

344 — Vue du Luxembourg.

345 — Vue du Luxembourg.

PICARD (L.)

346 — Étude de Femme.
Sanguine.

347 — Étude d'Enfant.
Dessin.

PIET

348 — Le Marché.
Lithographie en couleur.

QUIGNON

349 — La Meule.

RASSENFOSSE

350 — Le Bain.
Dessin.

SIMONNET

351 — Mosquée à Constantinople.

SIMONNET (Lucien).

352 — Bords de l'eau.

SOLLIER

353 — Portrait d'un magistrat.
Dessin à la plume.

TISSET

354 — Chiens d'arrêt.

Dessin à la plume.

355 — Chiens courants.

Dessin à la plume.

VIANELLI

356 — L'Hiver.

WATELIN

357 — Paysage.

YAN D'ARGENT

358 — La Saulaie.

ŒUVRES OFFERTES

GRAVURES ET EAUX-FORTES

ALASONIÈRE

359 — Le Retour, d'après Mosler.

Très belle épreuve d'artiste avec remarque sur Japon. Signée.

360 — Portrait de Rembrandt en officier, d'après lui-même.

Très belle épreuve d'artiste avec remarque sur Japon. Signée.

361 — Le prince Guillaume d'Orange et sa fiancée la princesse Marie-Henriette Stuart, d'après Van Dyck.

Très belle épreuve d'artiste avec remarque sur parchemin. Signée.

ALASONIÈRE

362 — Portrait de Ch. Courtry. — Rêveuse. — Chassée (Eaux-fortes originales).

Trois pièces, très belles épreuves d'artiste. Signées.

363 — Lady Macbeth, d'après Jean-Paul Laurens. — La Femme malade, d'après J. Van Steen.

Deux pièces, très belles épreuves d'artiste sur Japon. Signées.

364 — Une Sentinelle. — Le Hussard. — Cavalier Louis XIV; trois pièces d'après Meissonier.

Très belles épreuves d'artiste avec remarque sur Japon. Signées.

365 — Le petit Napolitain, d'après Greuze. — Porte-Étendard, d'après Benjamin Constant. — Fragment de la romance à la mode, d'après Worms.

Trois pièces, très belles épreuves d'artiste avec remarque sur Japon. Signées.

ANNEDOUCHE (A.)

366 — Biblis, d'après Bouguereau.

Très belle épreuve d'artiste sur Chine. Signée.

BELLAN (Ch.)

367 — Portrait d'Henriquel Dupont, d'après lui-même.

Très belle épreuve d'artiste sur Chine. Signée.

BOUISSET (F.)

368 — Lulu (Lithographie originale).

Très belle épreuve d'artiste sur Chine. Signée.

BROQUELET

369 — Le Marchand d'estampes, d'après Boulard (Lithographie).

Très belle épreuve d'artiste sur Chine. Signée.

BULAND

370 — Vision de Saint-Antoine de Padoue, d'après PUECH.

Très belle épreuve d'artiste avec remarque sur Japon. Signée.

BURNEY (E.)

371 — La Vierge et l'Enfant-Jésus, d'après un bas-relief du XVe siècle.

Très belle épreuve d'artiste avec remarque sur Chine. Signée.

372 — Premier baiser de l'Amour, d'après PRUD'HON.

Très belle épreuve d'artiste avec remarque sur Chine. Signée.

DE MARE (T.)

373 — Élisabeth de France, d'après CLOUET.

Très belle épreuve d'artiste avec remarque sur Chine. Signée.

DETURCK

374 — Décius se vouant aux dieux infernaux.

Très belle épreuve d'artiste.

DUTHEIL

375 — En rade de New-York (Gravure sur bois).

Très belle épreuve d'artiste sur papier pelure. Signée.

FAIVRE (Cl.)

376 — L'Amour au village, d'après Bastien LEPAGE.

Très belle épreuve d'artiste avec remarque sur Japon. Signée.

FONCE (C.)

377 — Rookery, d'après DRUMMOND.

Très belle épreuve d'artiste avec remarque sur Chine. Signée.

GIRARDOT (L.-A.)

378 — Femme du Rif (Lithographie en couleurs).

Très belle épreuve d'artiste avec remarque. Signée.

379 — La Petite Princesse, lithographie originale, tirée à 50 exemplaires.

Très belle épreuve d'artiste avec remarque sur Chine. Signée.

GRAVIER (A.)

380 — Distant shore. — The right way; deux pièces, d'après Parton.

Très belles épreuves d'artiste sur Chine. Signées.

HANRIOT

381 — Odalisque, d'après Wertheimer.

Très belle épreuve d'artiste sur Japon. Encadrée.

JACQUET (J.)

382 — Ex-voto, d'après Largillière.

Très belle épreuve d'artiste sur Chine. Signée.

LACAULT

383 — La Bohémienne, d'après Frans Hals. — L'Hiver.

Deux pièces, très belles épreuves d'artiste dont une avec remarque. Signées.

LAVALLET (H.-G.)

384 — L'Amour sacré et l'Amour profane, d'après Le Titien.

Très belle épreuve d'artiste sur Chine. Signée.

LETOULA

385 — Portrait de Théophile Gautier (lithographie).

Très belle épreuve d'artiste sur Chine. Signée. Encadrée.

LEVASSEUR

386 — Famille Italienne, d'après Léopold ROBERT.

Très belle épreuve d'artiste sur Chine.

MALLET (P.)

387 — Bords de Rivière.

Très belle épreuve d'artiste avec remarque sur Chine. Signée.

MAUROU (P.)

388 — La Vierge et l'Enfant Jésus, d'après PINCHART. — Vieille Mendiante, d'après RIBOT.

Deux pièces, très belles épreuves d'artiste sur Chine. Signées.

MEISSONIER (D'après)

389 — Le Peintre, par GÉRY BICHARD.

Très belle épreuve d'artiste avec remarque sur Japon.

390 — 1814, par COURTRY.

Très belle épreuve d'artiste avec remarque sur Japon.

MIGNON (A.)

391 — Les Fiançailles, d'après Louis LELOIR.

Très belle épreuve d'artiste sur Japon. Signée.

OLIVIER (Mme)

392 — Glaneuses, d'après MILLET. — Cour de Ferme.

Deux pièces, très belles épreuves d'artiste sur Japon. Signées.

PANNEMAKER

393 — Souvenirs, d'après CHAPLIN (gravure sur bois).

Très belle épreuve d'artiste sur Chine. Signée.

PATRICOT (J.)

394 — La Seine, d'après PUECH.

Très belle épreuve d'artiste avec remarque sur Chine.

PELISSIER

395 — Les Pèlerins d'Emmaüs, d'après REMBRANDT (lithographie).

Très belle épreuve d'artiste. Signée.

PENAT (L.)

396 — Saint Pierre, ermite, d'après RIBÉRA.

Très belle épreuve d'artiste sur Japon. Signée.

PROFIT

397 — Jeanne d'Arc, d'après G.-W. JOY.

Très belle épreuve d'artiste avec remarque sur Japon.

RAGOT

398 — La Fileuse, d'après CROCHEPIERRE.

Très belle épreuve d'artiste sur Chine. Signée.

SAUVAGE (G.)

399 — Madeleine (lithographie).

Très belle épreuve d'artiste sur Chine. Signée.

TOURNADRE (L.)

400 — La Femme de Jehan Gallus, d'après Antonio MORO.

Très belle épreuve d'artiste sur Japon.

VAN GELYNT (A.)

401 — Les Rochers d'Yport, d'après Dubois MENANT (lithographie).

Très belle épreuve d'artiste sur Chine. Signée.

VOLOT

402 — La Recette, d'après Chevillard.

Très belle épreuve d'artiste.

403 — Le Dormeur, d'après Meissonier.

Très belle épreuve d'artiste avec remarque sur Japon.

www.ingramcontent.com/pod-product-compliance
Ingram Content Group UK Ltd.
Pitfield, Milton Keynes, MK11 3LW, UK
UKHW021031180726
13838UKWH00004B/1730